빈집

빈집

고성혁 시집

문학들

시인의 말

빈집이 늘어난다.

나날이 형체를 잃어 가는 마당에 나뭇잎만 쌓이는 묵은 집.

주름살 가득한 노인처럼 무망하게 선 채 수심이 깊다. 꿈을 꾸듯 허무하다.

빈집. 빈집의 모습이 마치 어머니 같다. 삭아 가는 지붕, 어머니의 흰머리 같고 듬성듬성 드러난 대들보와 구부러진 서까래는 주름살 같다.

이제 빈집은 그가 왔던 곳으로 돌아가려 한다.

몸을 기울여 늙은 집을 가만히 끌어안는다.

집이 천천히 몸을 구부린다.

더 이상 감당할 수 없다. 머리 위에서 흩날리는 풀잎을 만진다. 드러난 갈비뼈처럼, 세월이 쌓여 검게 변한 서까래를 어루만지다가 그가 살아온 생애를 회상한다. 그가 지나온 빛나던 바다, 혹은 절망의 소용돌이를 반추하거나 질풍과 노도, 그리고 우울과 안식을 꺼내 주름진 손안에서 쓸쓸히 궁굴린다.

모든 것이 사라지고 그저 희미한 오감만 남은 손바닥이 너무 얇다.

아아, 빈집 같은 삶.

2021년 1월

고성혁

차례

제1부 아버지의 주장

역귀성

거꾸로 가는 길이다.

멀어지는 길이 빨래처럼 날린다.

반딧불이같이 희끄무레한 상상들.

생이 시래기같이 마르는 한밤중,

시간이 모래처럼 흘러내리고

달은 푸르기만 하다.

비스듬히 낮아져 한쪽으로 기운 어머니,

어머니의 쪽진 머리.

자식으로 있던 자리까지 멀어져 간다.

역귀성의 밤,

세상 안으로 무지근히 가라앉는 비애와 침묵들.

잔치국수

국수라고 하고
어딘가에서는 국시라고도 하는
잔치국수.

노란
달걀 고명이 얹혀 있는
잔치국수 두 그릇을 앞에 두고
서울에서 오십 년을 살고도 단칸방 하나 없는 형님과
강남 버스 터미널 식당가에서 마주 앉았다.

멸치를 오래 우려낸 허연 국물
형님의 낡은 점퍼를 닮았다.
붉은 실고추는
형님의 생애 몇 번의 행복한 시절처럼
아리도록 국수 위에 떠 있고
둥글게 말아 올려놓은 닳은 구두 굽 같은 국숫발,
우리 형님 지난 시절의 못다 핀 꿈인 것 같다
후르륵, 한입 삼키는 형님의 입 가장자리 주름에

나풀거리는 생의 찬란한 슬픔.

잔치라니!
무슨 잔치가 이러는지.
어머니 손을 잡고 따라나섰던 형님 삶의 아름다웠던 시절이
늙어 너무 고단한 흰머리에 수북하다.
이빨을 앙다물고 쳐다보는 내 눈에
고이는 새빨간 눈물
형님과 나는 이렇게
육십이 넘어 마주 앉았다.

식탁에 마주 앉은 우리를
저세상 은근히 보고 있다.
차라리 버스가 떠나지 않으면
좋겠다.

인물 사진

– 김춘식 선생님께

사진 속에서 사람이 걸어 나온다.

그의 뒤로 뻗은 적막이 춥다.
처음에서 끝으로 굽은 세월과
첫 번째 기억에서 풀린 광경이
무량수전의 배흘림기둥처럼 서 있다.

잘린 손가락을 감추며
끝까지 밀어 올린 생의 안부
시선을 따르는 장면마다
고통을 삼킨 묵직한 연장들.

그의 상처를 풀고 근원을 흔든다.
그의 단단한 껍질을 벗겨 소리를 듣는다.
그가 온 생애로 박은 녹슨 못들을 뽑는다.

단추를 모두 채운 목으로부터
나 있는 길

삶을 쟁인 방식을 따라가면
몸을 기울인 각도를 안다.

꿈을 삼키듯 나무를 깎아
불안에서 시작한 평화를 닻처럼 내리고
번뇌를 끌 끝처럼 버린 채

안으로 안으로 몸을 조여
한곳을 바라보는 경이로운 자세.

저 삶의 그리운 원형.

문자

오랜만이야. 소주 한잔할래?
꾸깃꾸깃 접힌 문자
못에 박힌 듯 사무친다.

먼 산을 보는 것 같은
흐르는 강물에 떠가는 것 같은
네가 나에게 보내는
저 미욱한 등불이라니!

친구,
혹은 너의 부침浮沈,
부역에 편들지 않은 비애여.

알코올에 물을 탄 것뿐이지만
멀리 떠나온
우리들의 오래된 위로를 위해
그래, 라고 한다.

잊고 못 잊고 못 함이 뒤섞인
시간의 고향을 그린다.
어두운 세상 안의 한 점
침묵을 기린다.

아들의 전화

뭉쳤던 어둠이 가시고
골목이 열린다.
가로등은 홀로 서 있고
낡은 컨테이너 앞 새벽이 등을 굽힌다.
언제나 뒤 물결에 밀리는 앞 물결.

먼 곳에서 아들이 안부를 묻는다.
안개 너머 맥락 없는 숨소리.
신음처럼 번지는 바람 소리.

해진 신발 같은 아들의 행로.
아들은 지금 어디를 가고 있을까.
저마다의 삶은 스스로의 어깨를 짚으며 지나가고
그중 몇몇은 젖은 짚단처럼 축축한 어둠 안으로 걸어
간다.
길은 여러 곳으로 흩어지고
지나온 길에 봤던 이해할 수 없던 에두름과 구부러짐,
더러는 혁명까지도 삶을 까분다.

세월은 기필코 부대끼며 지나간다.

아들의 파란을 어쩔 수가 없다.
단단한 운명에 부딪는 기운 어깨,
축축한 신발을 신은 구부정한 등을 그리며
몸을 굽혀 들창을 닫는다.

구름을 떠난 달같이
늙은 아내의 선잠을 바라본다.
삶이 마치 묵은 장마와 같다.

연립 101호, 102호

가방 꼬다리를 두드리거나 압축 프레스 공장의 야근으로
구부러진 허리가 익숙했던 누나와
못 공장과 가방 공장의 노동을 못 견뎌
복덕방 사장으로 거듭나 하얀색 노타이셔츠를 입던 형이
마침내 독거노인으로 안착한 곳.
시장에 좌판을 펴다가 이제는 노인 일자리로 돈스스
돈돈,
마침내 검은색 등기를 받아 들고 서프라이즈, 전화를
해 온 처형의
연립 혹은 눈부신 빌라 101호, 102호.

택배를 보내다 이 아름다운 공통점에 놀란 나는
생각을 모아 역사에 이름을 남기는 심정으로
셈하노니, 이들 평균 나이 불굴의 72.5세.
누나와 처형의 빛나는 자가화自家化와
형의 굳어 버린 월세화月貰化.

머리 위를 지나는 쿵쿵 바람 소리 혹은 인력 시장,

새벽 일거리를 찾거나 리어카에 박스를 싣고 떼구르르 지나는
목장갑 하나 없는 노인의 발등을 보면서
미지근한 전기장판을 가만히 쓰다듬는 그들의 위무.

우체국 책상에서 순서를 기다리며
그들의 미래를 생각하다
마침내 나는 내 사랑하는 형제들에게
29,500원짜리 완도산 종합 수산물 세트를 보낸다.
과거를 부어 밥솥을 안치지만
쉿쉿 넘치지 않는 밥물에 주저앉았을 그들
그러나 좌절 없는 희망으로 끝까지 미소를 추격하는
내 사랑하는 형제들.

내 인생을 점검하는 펜치와 장도리
혹은 보철물補綴物 공장,
101호 혹은 102호를 지나는 바람 소리.

꽃다발
− 퇴역에 대하여

꽃은 다발이 되는 순간
슬픔으로 찬란하다.
순간의 격정이 지나고 나면
그윽한 향기와 화려한 자태는
이미 클래식이다.

꽃들은
서로를 안고 꿈처럼 진다.
꽃을 쳐다보며
꽃을 보낸 사람들의 성의를 삶의 내부로 끌어들여도
꽃잎은 어김없이 떨어진다.
남겨진 리본과
꽃대의 고독이 사무친다.

떨어진 꽃잎을 모으며
기념紀念의 뒤에 남겨진 말들을 생각한다,
부질없이 시간 앞에 부서지고 말 것들.

꽃의 흔적이 기억처럼 담을 넘으며
붉은 깃발을 흔든다.
이제 꽃들의 사유를 따라
떠나야 한다.

꽃은 지고
꽃은 슬픔이 된다.

꽃다발
– 꽃집에서

꽃을 자르는 손놀림을 보다가
꽃 안에서 걸어 나오는
감정感情을 읽는다.

맨 앞의 사랑,
그 뒤를 따르는 슬픔과
경이.
가위 날이 스칠 때마다
밥 냄새처럼 퍼지는
고요한 허무.

꽃들을
저리 바쁘게 묶는 꽃집 부인은
언제나
자신의 날들을
다발로 묶을까.

보랏빛이거나 혹은

붉거나 노란 꽃들이 모두 사라지고
세월마저 떠나고 나면
우리들의 클래식은 어떤 다발로 묶여
허공을 떠돌 것인지.

꽃들의 그윽한 향기와 화려한 자태가
서로를 안고 꿈처럼 엉킨다.
그 꿈을 묶는 꽃집에서
붉은 얼굴로 기다리고 있는 청춘을
쳐다본다.

말들이 강물처럼
흐른다.

어머니의 빈칸

어머니를 생각하다가
빈칸만 그린다.

기억의 어둠에서 날아와
자음이 되고 모음이 되는 어머니
박스를 줍듯 흔적을 살피지만
끝내 문장으로 이어지지 않는다.

파편처럼 흔들리는 조각과
뒤척여 일어서는 풍경들
들창문에 넘치던 바람 소리는
어머니의 청춘이었을지도 모른다.

뒤란의 장독대를 적시는 는개비는
이루지 못한 사랑이었을지도 모른다.
반짇고리를 뒤져 흑백 사진을 만지던 손
가라앉는다, 아프다,
연민이 꽃처럼 흔들린다.

생의 비탈면에 서면
언제나 떠오르는 어머니.

어머니의 형용은 골목길 가로등처럼 어둡기만 하다.
어머니의 냄새만 스치고 어머니의 소리만 지나친다.

귀퉁이가 부서진 굴뚝 옆에 앉아
남루를 세던 어머니
어머니의 허무를 기릴 수가 없다.

어머니의 빈칸이
낡은 레코드판처럼 스러진다.
닦지 않으면 희미하게 부서지는
어머니의 빈칸들.

회상

곧 오송역에 도착한다고 합니다.

웨딩드레스를 입었던 조카의 얼굴이 어른거리더니
그 아이의 아빠와 살았던 서산동 언덕배기 집이 생각났
습니다.

그 집에서 동생은 태어났고 나는
그 아랫집으로 떨어져 팔이 부러졌습니다.

산자락에 금을 긋고 그 위에 지었던 집들.
어김없이 다닥다닥 붙고 포개졌던 길들.

서산동은 정말 서산에 있었습니다.
싸움 소리에 파도와 비린내와 기름 냄새가 뒤덮여
누구랄 것 없이 지렸던 삶들.
차라리 공평했던 풍경들.

서산동에서 배냇저고리를 입고 강보에 싸여 있던 동생과

새빨갛게 우는 동생을 내려다보던 내 찡그린 얼굴이 보이더니

조카의 팔을 끼고 가던 동생의 주름이 오버랩됩니다.
세월이 많이 흘렀나 봅니다.
서산동에서 판교까지 세상은 어떻게 흘렀을까요.

그 안에 먹고 마시고 숨 쉰 것들,
지치고 안고 어루만진 것들 어디로 갔을까요.

다시 세월이 그만큼 흐르면 우리는
무엇이 돼 있을까요.

솔뫼에게

솔뫼, 소나무들의 선량한 꿈
영혼이 빛으로 타올라 산맥처럼
둥글게 웃고 있는 소년아
아비의 꺾이지 않은 분투로
심장에 피돌기가 생길 무렵 알았지
네가 우리의 희망이란 것을.
너를 바라보는 건 미래를 걷는 꿈이니
먼 훗날까지 연을 날리고, 바다를 향해 웃는
지금의 순정을 부디 기억해라.
무엇이 되기보다 너 스스로가 되기를
그리하여 날마다 보듬고 거듭 새로운 본질本質이 되어
똑똑똑, 세상의 이치를 깨우치기를.
네가 솔뫼인 것은
누구보다 높고 푸르름이 아닌
산속의 유유한 소나무처럼
누구나 네 안에서 자유로울 수 있음이므로
놓고 낮추고 사랑해라.
더러 기쁨과 희망과 평화도 안고

더러는 좌절과 번민과 고통도 안으면서
그것으로부터 아름다운 그림을 그려라.
그리하여 우리가 없는 먼 훗날
노을에 불타는 강건한 얼굴로
정말 잘 살아왔노라고 말할 수 있으면 좋겠구나.
솔뫼야
너를 사랑하노니
평화와 온유가 가득하기를
세상의 모든 풍요의 이름으로
너를 껴안는다.

은율이의 꿈

은율이
네 꿈을 응원해.
너의 생각 행동 눈물까지
살아온 날들의 어떤 봄보다 사랑해.
네가 준 평화와 희망, 고통까지도 감사해.
너는 모든 사랑 모든 기쁨 모든 축복보다 컸으니
너로부터 비롯된 생명의 신록 눈부셔 하늘보다 눈부셔.
이제 거칠 것 없어 남은 생 강물처럼 흐를 수 있어.
마음속 우주에 가득한 널 향한 달디단 그리움
네온처럼 반짝이는 소망 아름다움 사랑해.
은율이, 네가 걸음걸음 이루려 하는 꿈
아침 햇살, 부챗살처럼 펼쳐지기를.
그리하여 온 세상 은혜롭기를.
더할 수 없이 깊이 사랑하는
은율, 우리 은율이의 꿈.
꿈보다 더 큰 꿈,
은율이의 꿈.

아버지의 주장

그래요, 아버지는, 제 삶의 어디에나 계셨네요.
지금까지 밀어내기만 했건만
비 내리는 제 마음 한구석에 앉아 껄껄껄 웃네요.
껄껄껄, 껄껄껄
호수의 파문처럼 웃고 있네요.
알았으니 그만하세요, 아버지라 할게요.
이제 그만 좀 웃으세요, 아버지.

영등포의 밤

어둠과 빛, 있고 없음이 반죽되어
천천히 드러나는 영등포.
서로에게 맞물려 굳건한 상처로
다시 태어나고 싶은
13층 원룸 안의 사내 둘.

이면이 있다는 건
높낮이가 있고 밤낮이 있다는 것.
새벽의 뼈대 위에서
영등포를 내려다본다.

달빛은 미몽 속에서 부유하고
노란 가로등은 어둠의 간격을 재고 있다.
낮은 지붕과 주차된 차 사이를 붉은 십자가가 헤매고
그 안에 기도처럼 떠 있는 24시간 편의점
골목이 어둠 속에서 몸을 웅크리고
택시는 깜빡깜빡 도로 위의 방황을 다독인다.
오, 거리에 흩날리는 의문 부호들.

새벽은 더디기만 하다.
문득 이 광경을 만든 이는 무엇을 하고 있을까
그의 걱정과 뜻을 생각한다.
그런 나를 바라볼 그의 눈빛을 생각한다.
그러다가 다시 삶을 생각한다.

물끄러미 내려다보는 골목
제각각의 시간이
자신의 낡은 담장 너머로 사라진다.
그리움이 너무도 완강하여 벤치 끝의 사연이
부스스 노숙자처럼 일어선다.
그동안의 이야기가 꼬리를 물고 흩어진다.

별을 찾아 울려 퍼지는 신길 시장 종소리.

늙은 여자가 좋다

늙은 여자가 더 아름답다.
긴 세월을 걸어온 여자가 더 어여쁘다.
처진 눈꺼풀이 고맙다.

지치고 힘든 끝에 돌아와
단내가 나게 자는 여자의 늙은 모습이 좋다.
끝없이 무너지면서도 또 무언가를 허물고자 하는
오래된 수치羞恥가 좋다.
깎고 버티는 시장 안의
묵은 에누리가 좋다 풀지 못해 쉬어 버린
곡절이 좋다.

살을 빼기보다
아깝다고 식구들의 나머지를 먹어 치우는
뱃살이 좋다. 김치 냄새가 좋고
그 안의 허름한 격식이 좋고 간장처럼 졸인
슬픔이 좋다.

늙은 여자 안에는
만월 같은 바다가 담겨 있다.
온갖 것이 녹은 풍상과 그것을 태운
고투苦鬪가 쇠막대처럼 튼튼하다.
서러움으로 비빈 온유가
더할 나위 없이 푸르다.

할 수 있다면
늙은 여자의 사랑을 건드리고 싶다.
그녀의 정념을 터트리고 싶다.
늙은 여자의
은신처가 궁금하다.

나는

나를 본다.
몸은 없고 그림자만 있다.
나는 있되 없다.

시간 안에서도
공간 안에서도
그대로 비어 있을 뿐이다.

갈 곳도 없고
있을 곳도 없는
없음의 있음이다.

내가 입는 것은 혹시이고
내가 벗는 것은 역시이다.
과거는 소태처럼 쓰고
미래는 꺼진 불과 같다.

이제 아무도 아니다.

더는 대상이 될 수 없어
누구의 그리움도 아니다.

그저 한 개의
똥 친 막대기이다.

고향

화순 가는 도로를 달리다 보면
어느 모퉁이, 우산처럼 펼쳐진 느티나무가 있고
그 나무 아래 평상 하나 쪼그리고 있다.

길은 몰랐을 것이다,
하늬바람이 후두둑, 가을처럼 내려앉고
비라도 한 줄금 시작하면
마음이 둥글게 연이 되어 떠오르다가
해거름 밥 먹으라고 소리쳐 부르던
오래된 누이의 손짓으로
산 너머 원추리처럼 내려앉는다는 것을.

신작로 먼지 위를 풀썩풀썩 내닫는
머리마다 곰발이 흰 박꽃처럼 핀 아이들의
낡은 다우다 점퍼 소매 깃에 문댄 반짝이는 콧물.
밤이 되면 흙바닥 살강 위에
육각 성냥갑이 그을음처럼 놓이고
어머니가 알전구를 넣고 양말을 깁던

그림자 희미하게 움직이던 바람벽

  새벽마다 아버지가 삐그덕 봉창을 열고 세상을 가늠하
던 그곳.

  이제 곧 가로등에 불이 켜지면

  애수가 우수수 쏟아져 바람 아래 나부낄 텐데

  나는 너무 멀리 와 있다.

  멈추지 않는 시간이라고 해도 그리움이

  너무나 깊다.

잘 있는가

친구여 잘 있는가.
건강은 어쩌신가.

오늘도 그날처럼 더워 뜬금없이 자네 생각이 나네.
어찌 자네를 잊것는가이, 내 숨구녁은 터 줬으면서 이
녁은 평생 고달픈 내 친구를.

서울 바닥에서 육십이 될 때까지 혈혈단신, 집 한 칸 맹
글들 못하고
평생 버스와 지하철만 타고 댕김시로 그 목숨 부지하고
있는
호남선 터미널에서 봤던 그 시린 등거리가 떠올라 눈물
이 날락하네.
세상은 쬐끔 불공평하기는 하제이.
말해 뭐허것는가. 백 살까지 산다고들 허지만 남의 집
지하 방에서 타그락타그락 지나치는 행인들의 걸음걸이
로 끼니를 때우는 자네를 생각하면 나는 글쎄이 아니라고
하네. 저녁이면 누가 문을 여는 소리만 기다리는 내 서러

운 친구.

　이렇게 살았어도 잘 모르것제이.
　산 날보다 죽을 날이 훨씬 가찹게 됐어도 여전히 잘 모르는 우리를 보고 갑갑하다고 할지 몰라도이,
　세상은 여전히 아는 사람보다 모르는 사람이 많은 것 같어.
　그러니 어쩌것는가 사는 것이 머인가 끝판은 봐야 쓰것제.

　부디 잘 바구소이.
　사는 것이 쪼까 징상시러워도 사는 데까지 살아 봐야 않것는가이.
　그리 맘먹기는 어렵것지만 포도시 목숨만 이어도 그것이 어딘가 하고.
　어렸을 적 돌담 밑에서 이를 잡던 기억이나 발로 흔들어 쑥 뽑아 묵던 푸른 무시의 생그롬하니 톡 쏘던 맛을 떠올리면서 뽈깡 힘 좀 내소이. 자네가 그렇게 부잡했던 것

은 사실인께. 지금 생각하면 그것도 힘이라면 힘이제.

이것도 말이라고 하고 있네마는 내 맘도 거시기하네.
그래도 혹 알것는가 홍어 코 쪽 같은 살점 하나 툭 떨어질
지. 그래서 가시버시 순한 각시 하나 주워 불지.

지랄할 것, 언젠가는 목포의 눈물이 울려 퍼지는 고향
역에서 만날 것이네. 그때 길 건너 그 대안주점에서 간재
미 마른 것 북북 찢어 놓고 한잔하세이. 그러고 흔연스럽
게 갈리세이.

친구 진짜로 미안하네이. 그때까지 꼭 바구소이.

다소 낮음
– 록스타여

다소 낮음은 에너지 소비 효율 등급 네 번째 단계
자신의 삶을 사랑하는 아들은 그 등급에 맞춰 노래를
부른다.
다소야, 다소야 제 강아지를 부르며 소주를 마신다.
누군가의 발자국 소리와
어두운 방, 제 삶이 관통할 궤적을 그리며 기타를 친다.
록스타니까 살이 없어야 해. 커터 칼 길이의 삼겹살을
샤프심만큼
잘라 먹으며 당근을 먹는다.
소주를 마시는 소리 당근을 씹는 소리
저녁에 저녁에
방 안 가득 소주의 숨결이 차오르면
방 안 가득 세상을 기리는 풍경.
다소 낮은 것들은 저희끼리 뭉쳐 삶을 설명하려 하지만
삶은 암초와 암초를 잇는 바람의 다리이고
바람 또한 암초라는 걸 록스타는 모른다.
앞만 보고 가는 록스타여.
내게도 따뜻한 물 한 잔 다오.

아들의 노래

아들의 노래를 듣고 길을 생각한다.
그 길을 보며 틀렸다고 하지 마라.

그가 일으킨 운명보다 더 혹독한 길을 간다 해도
아픈 어깨를 기어이 들어 올려 분투를 기원할 것이다.
그곳이 어둠의 뒤편일지라도.

아들의 집에서 보는 긴 강
말과는 다르게 밤은 어둡고
비스듬히 누워 불빛을 고르면 목이 기울고
바람은 조금씩 느려지고 헤매고
알아들을 수 없다.

길은 가로로 이어지는데
아들의 발걸음은 한쪽이 짧다.
바람은 조금씩 느려지고 알아들을 수 없다.

아들의 길

길이 아니라 말하지 마라.
다른 귀를 세웠을 뿐이다.

제2부 부곡리 풍경

고추잠자리

조금도 읽지 못했다.
의자에 앉아 다리를 포개고
기우뚱거리며 읽는 책
구름 보듯 활자를 좇고 있을 때
붉은 고추잠자리
책갈피에 내려앉았다.
귀퉁이를 들추는 가을
숲은 고요함 속에 뒤척이고
시간은 사무친 사람의 이름으로 흘러
불현듯 하늘로 사라지는 잠자리.
나는 오직 현재만 아는 고양이처럼,
혹은 잎은 꽃을 그리워하고
꽃은 잎을 그리워하는
상사화처럼 그 꽁무니를
쳐다보았다.

부곡리에 비가 내리네

산 끝이 물안개에 젖더니 마침내 비가 내린다.

온 천지가 비에 젖는다 산이 병풍처럼 서 있고 나무들
이 그 안에서 오슬오슬 떨고 있다 녹음은 푸득이는 새들
을 품고 울지 마라 다독이는데 순식간에 기차처럼 달리는
도랑물 소리 휘어진 대나무들이 달빛처럼 찬란하다 할머
니 댁 옆 봉분 두 개가 쏴아 빗속을 뚫고 달린다.

그런 풍경 안에 썩은 인간 하나 서 있다.
흘러가는 흙더미를 보며, 멍청이가 되어
집까지 떠내려가면 어쩌나, 하고.

부곡리 풍경

- 2014. 7. 31.

오후가 갑자기 멈추다.
바람이 멈추고 사위 속 더위까지 멈추다.
설마!

정적의 끝에서 다시 풍경이 일어나
댓잎이 서걱이고 참나무 우듬지가 갑자기 일렁이다.
설마!

나를 기리는 건 택도 없는 일이다.
저 숲도, 매미도, 바람도
나의 위안은 참으로 뜬금없는 자폭이려니

오늘이 내 반생의 마지막 날임을 기억하여
이제 이 안의 일점풍경一點風景으로 남으려 한다.
덧없는 희망을 끊고 인연으로 묻어오는 기대도 끊고
강아지 두 마리를 바라보면서

오후의 적막으로

팽나무의 정밀한 속삭임과 건넛산의 서늘한 눈망울로
칼끝을 벼리듯 나를 벼린다.

팽나무 풍경

저녁 어스름이 깃들 무렵
팽나무에 내려앉는 새들을 본 적이 있는가.

새들이 나무 위에서 종례를 마치고 가지로 흩어지거나
다른 나무로 떠나는 비탈진 저녁을 가진 적이 있는가.

어떤 새는 떠나지 못한 하늘에 걸린 채
끝내 한 점 어둠으로 남는 걸 본 적은 있는가.

어둠과 숲과 고독이 유장하다.
하늘이 한 무리 빛으로 달리고 그 아래 스산한 대 그림
자 흔들려
늙은 사내 하나 오늘이 너무 낯설다.
솟대처럼 솟구치는 외로움.

낮술의 헛웃음도 분내 나던 과거도
새들의 종례 같다.
이 저녁 팽나무 아래에서.

풍경

어둠이 붕새같이 내려앉는 골짜기
적막과 고요가 북의 울림막처럼 팽팽하다.

온기마저 차갑게 식고
흔들리는 것은 오직 하나, 잠들기 위해 오므리는
콩잎의 취면운동就眠運動뿐
그렇게 세상의 희로애락이 사위어 갈 무렵

수수수, 안개비가 내린다 시나브로 번지는
무념의 관조, 없음이 원을 그리는
풍경.

컹컹컹, 개가 짖는다.
컹컹컹, 밤이 짖는다.

개

개 짖는 소리가 산골짜기를 파고드네.
우 우우 어
빗소리에 실려 하늘로 솟구치네.

훨훨 자유로운 새.
산은 푸른 나무 지천으로 깔려 녹음을 꿈꾸고
방천은 폭포 같은 물 풍금으로 내가 되어 흐르는데

우어우어우우우 고독함으로
컹컹커컹컹컹 패배감으로
울부짖는 개 소리.

소리로 앉은뱅이가 되네.
앉아 내 안의 개가 짖는 걸 듣네.
짖는 소리, 수런수런 사방으로 퍼지네.

깊은 산골짝
홀로 묶여 밭머리를 돌고 도는

저 개 소리.

개가 지키는 호박과 수수밭의
노인네 발자국 소리.

세상 안을 저벅거리는
저 풍경 소리.

어둠 속의 상상

칠흑은 있어도
칠흑 같은 어둠은 없다.
어둠은 빛을 가질 수 없으므로

어둠에 칠흑을 빗댄 이유는
그리움 때문이다.

빛은 어둠이 있어 그리움으로 남고
그리움은 빛이 있는 한 향수鄕愁로 남는다.

어둠을 태우는 빛은 이미 오래된 안타까움이니
빛을 향한 그리움도 오래된 고통일 것이다.

침묵하는 별 아래
칠흑이 산 그림자를 쓰다듬는다.
억센 그리움이 산을 따라
일어선다.

적막

아직 떠나지 못한 여치들 사방에서 울어
산중에 어둠이 내려앉는다.

낙엽을 긁어모아 불을 피운다.
시냇물, 풍경風聲 소리 되어 멀어지고
마당 위로 툭, 떨어지는 상수리
멀리 점 하나 다가오더니 휙, 새가 되어 지나간다.

천지간에 강철같이 흐르는 적막

미동도 없는 세상을 닫으려
닭장 문을 미니
삐걱
세월이 닫힌다.

하늘이 닫힌다.
사념이 닫힌다.

날마다 세상을 여닫는 닭장 문 소리.

호박

오줌을 싸고 나오는데
쪽 유리 사이로 사이클을 타는 사람이
보였다.

노란 헬멧을 쓰고
풀숲을 헤치는 그이

웬일인가 문을 열고 보니
고추밭 이랑 안에 돌담이 있고
그 돌담 위에 노란 호박이 열려 있다.

호박이 돌들과 어깨동무를 하고
가을을 누비는 자전거처럼
구월의 햇살을 받고 있다.

잠깐 다른 눈을 가진 덕택에
다른 세상을 보았다.
이렇게 가끔 다른 것을 볼 수 있다면

다른 꿈을 꿀 수 있을 것을

늙은 호박이 꿈이 되었다.
돌무더기가 잠시 구름이 되었다.

푸른 길

늦 매미 울음소리와
축제의 앰프 소리가 희미하게 번지는
도심 속 옛 기찻길.

평화롭다.
바람은 술렁술렁 불고
햇볕도 따뜻이 반짝여

사람들의 종종거리는 발걸음 가뿐히 고독을 넘고
장터 안 구수한 국밥 냄새 사람들을
목로에 둘러앉히는 동안
시간은 머뭇거리는 정오의 그림자를 끌어안고 있다.

나뭇잎 사이, 빛에 담긴 티끌들이 솜사탕을 든 아이처럼 말갛게 부유하고
정다운 사연들이 오래된 나무 의자에 팔베개를 하고 누워
돌돌돌, 불에 달궈져 돌아가는 뻥튀기를 쳐다보고 있다.

하늘이 솟대처럼 서 이 풍경을 내려다보는
푸른 길 공원의 가을.

어디에서 시작했는가 물어보니
한동안 대답 없이 물끄러미 쳐다본다.
안쓰러운 듯 고개를 주억이다가

여기가 시작이자 끝이라고
한다 끝은 다시 시작이고 시작 또한
끝이라고 가만히 속삭인다.

푸른 길이
내 가슴의 한쪽을 걷고 그 얘기를 건넬 때
그때까지 서 있기만 하던 녹슨 열차가 기적을 울리며
천천히 움직인다.

겨울 풍경

아무도 오지 않는다.
마른 억새 잎 수북한 낮은 강에 그 많던 새 한 마리 없고
사물은 죽음처럼 처음과 같이 그대로이다.
움직이는 건 움집 굴뚝이 내뿜는 푸른 적막뿐
시간은 덤불 아래 엎드려 숨을 죽이고
공간은 바위처럼 가라앉는다.
움직이는 건 아무것도 없다.
가슴을 뚫고 툭 끊어지는 그리움의 줄
작은 소리로 끊임없이 이어지는 고독의 속삭임
구름들, 산봉우리에 걸린 겨울나무들,
숲에 들어앉은 바람들.
촘촘히 박혀 짐승처럼 우우, 우는 저녁이 되자
강은 조심스런 발걸음으로 키를 낮추고
어둠은 빈손을 쥐고 울안까지 내려와 안부를 묻는다.
팽나무를 타고 흘러내리는 정지, 그 비어 있음으로 휘
도는
무위無爲, 짙어 가는 사위 안으로
물처럼 번지는 근원根源.

세월이 작별의 경계를 서성인다.

영혼이 젖은 짚단처럼 눕는다.

동백

겨울 한파를 헤쳐 온 동백이
봄볕에 붉은 꽃잎을 드러낸 채
꾸벅꾸벅 고개를 떨구며 졸고 있다.

추억도 저런 것임을
알아야 한다.
삭풍에 인고의 시절을 보냈음에도
저리 졸고
다시 붉은 꽃잎 논개처럼 떨어져
땅바닥에 나뒹굴고
그 안타까운 입술
바람에 사라지거나 흙이 되어
아주 잊히고

그것, 삶의 얼룩들,
절개와 이념과
신념의 깨진 부스러기 같은 것들을 위해
떨어진 꽃잎 위를 맴도는 하루살이처럼 잉잉거렸지만

이제 살아 있는 것은
시간뿐이라는 것을 이해한다.

물처럼 흐르고 흘러
제각기의 원전原典으로 돌아가고
남는 것은 시간의 찌꺼기, 늙은 몸뚱이,
변명할 수 없는 후회

꺼지기 전 촛불이 가장 밝다고
아는 것처럼 이야기 마라.
세월은 하냥 머물러 있는 것이 아니다.

제천역에서

이천십칠년 칠월 이십팔일
태백역에서 무궁화호를 타
십팔 분 연착한 오후 두 시 십구 분 제천역에 내렸다.

충청과 강원의 산들이 모인 그곳
역사驛舍에 너울거리는 칡꽃을 보고 나서야
전혀 죄송하지 않은 목소리로
굳이 죄송하다고 말한 차장의 허무를 알았다.
태백에서부터 날린 탄가루의 역사도
그 죄송에 묻어 있었다.

묵호 등대 아래 논골 길의 비탄과
터무니없이 비쌌던 동해의 횟집까지도
죄송의 마음으로 풀어 앉히고
시간으로 삶을 쌓듯
죄송의 마음을 쌓아 올렸다.

역전 식당 올갱이국이 끓었다.

이북 출신 아버지와 경상도 출신 어머니를 둔
목포 출생 부산 친구와 같은 이치의
충청도 올갱이국 남도의 다슬기탕
어느 날인가의
어디에도 속하지 않는 그의 여수旅愁가
뜬금없이 눈부시다.

비가 내리는 들창이 과거를 향한 길이었다니
빗속을 뚫고 경계를 넘을 때마다
굽이굽이 제천역,
제천역의 허리에 찬 구름, 삶의 알 듯 말 듯한 의문.
그 뜬금없는 죄송의 정체가 소주처럼 끝내 가슴을 훑
었다.

집에 돌아와 보니
제천의 바람이 보낸
삐뚤삐뚤한 편지가 먼저 와 있다.
우수수

동해의 파도를 품고서
그날 제천역에는 비가 내리고 있었다고

풍경은 다른 풍경을 담는다

풍경은 늘 다른 풍경을 담고 있다.
풍경 안의 풍경은
다른 풍경을 부르고
또 다른 풍경을 손짓한다.
풍경이 텅 빈 것 같아도
그렇게 보일 뿐이다.
풍경을 그리는 것은 세월이다.
뽕밭이 푸른 바다가 되고 바다가 다시
산맥으로 일어섰다가 폐허가 되는 것
앞과 뒤, 앞 물결과 뒤 물결, 그리고 다시 앞 물결
쳐다보다가 생각한다.
고목나무를 파고드는 곤충과
그런 나무를 쪼고 벌레를 먹는 새와
이런 모습을 모아 풍경을 만드는 이치의 모호함을.
전자는 후자가 되고
다시 후자가 전자가 되는 세월.
낡은 주택가 경계에서
아주 커다란 느티나무의 그림자를 따라
풍경을 바라보고 있다.

푸른 목수건

인천공항을 나서다가
출국장에서 만난 사람을 다시 만났다.

그의 따리 같은 푸른 목수건 위
수염이 한층 짙어졌다.
그이의 여행이 궁금하다.

그동안 어디에 있었을까.
그의 삶에 나의 삶은 무엇을 더하고 빼
여기 다시 만났을까.

낯선 풍경을 몰고 온 우리.
히말라야의 거친 숨결이, 잠기는
몰디브의 바닷가의 눈물이, 날리는
네팔의 흙먼지와 나의 무덥던 다낭이
공항의 에스컬레이터를 함께 맴돈다.

필연인가 우연인가,

그 경계는 어디까지인가.

횡단보도를 건너다

또 다른 인연과 부딪칠 뻔했다.

제3부 새벽 첫 버스

새벽 첫 버스, 6411호
— 만인의 기억을 저장하기 위해(2018. 7. 27.)

새벽 네 시의 첫차는 출발 십오 분 만에 만석이다.
누가 어느 정류장에서 타고
어디서 내릴지 모두가 알고 있는 매우 특별한 버스.
한 달 팔십오만 원을 받는,
서울 구로구 구로동에서 강남으로 가는,
이름은 있지만 아주머니로 불리는 승객들의
'6411호 청소 근로자 버스'.
금세라도 눈물이 쏟아질 것 같은 노회찬과 또 다른
노회찬을 상상하며 나는 운다.

아무리 어려워도 죽으면 끝인데 왜, 라며
남편이 병든, 허리가 아픈, 손목이 저린 빌딩 청소 아주
머니가
비닐 깔개를 꺼내 버스 뒷문 계단에 깔고 앉아 먼발치
아직 어둠이 깊은
2018년 7월 27일을 바라보며 되뇌고 있다.
십 년 넘은 양복 두 벌과 낡디낡은 구두 한 켤레가 전
부인,

그럼에도 국회에서 유일하게 신문 배달 수고비를 올려주었다는

지지리도 못난 우리들의 영웅.

나쁜 일이 있을 때 먼저 나서고 좋은 일이 있을 때 뒷걸음치던 사람.

분노조차 겸손했던 사람.

세브란스 병원 빈소에는 이름 없는 조문객이 새 구두를 놓고 갔다.

산 자들의 것이란다. 그의 노회찬은 새 구두를 신고 날아올랐을까.

천국으로 가는 새여.

머리에서부터 발끝까지 하나

아깝지 않은 게 없고 버릴 것이 없는 사람이 갔다.

폭염 경보 같은 화인을 남기며

불꽃 용접공, 우리 대표님, 사랑하는 동지가 갔다.

날마다 국어사전을 읽던 사람이 첼로 소리를 내며

다섯 시 십 분에 6411호는 선릉역에 도착했다.

누군가 노회찬의 등 뒤에서 노회찬과 하나가 되어 말
했다.

형, 좋은 사람, 회찬이 형, 다음 생에 또 만나요.

수천만의 노회찬이 그의 찬란한 비행을 보았다.

아, 사람을 위한 민주주의여

그를 둘러싼 우주가 눈부시다.

* 6411호 버스 : 2012년 정의당 대표 수락 연설에서 노회찬은 새벽 첫 청소 근로
   자들이 대부분의 승객인 새벽 첫 시내버스의 고단한 풍경을 얘기했다.

농기구 거치대에 이파리가 돋았네

농기구 거치대에서
푸른 이파리가 돋아나 너울거리다니,
시 같구나!

세상의 어느 모퉁이,
무슨 사연을 담은 신호이더냐.

바람에 날리는 너의 경이에
귀를 기울인다.

기울여
온 세상을 관통한
굳건한 이치理致를 듣는다.

오호! 꿈같구나!
잘린 포플러 나무 기둥,
푸른 이파리의 눈부신 이명!

봉선화의 은유

개미 떼같이 봉선화가 피네.

맹렬한 땡볕 아래 화단을 넘어
들풀과 돌밭을 지나
흰, 분홍, 보라색의 봉선화가
파도처럼 넘치네.
경계를 넘는 혁명처럼

형용만으론 강제할 순 없지.
하나의 태양을 향해
오전이라고 하다가 정오를 거쳐 오후라고 말하는 것처럼
혁명이었다가 껍데기만 남고 다시 반동이 되는 것
그것은
서로를 위무하는 둥근 원형일 뿐

시간은 언제나 낯선 얼굴로 다가선다네.
쇠고리로 문을 걸어 닫아도
그 틈새에 떨어진 씨앗들

하나는 열이 되었고
열은 백이 되어 흙 속에 뿌리를 뻗은
봉선화의 도타운 언어

새잎을 올리기까지의 시간과 돌밭에 새긴
봉선화의 변신을 가늠하네.
기억의 우리 안에 갇힌
녹슨 배와 산에 막힌 빌딩을 불러내
햇볕을 쪼이네.
쿵 쿵, 표상의 원형을 새기네.

바람에 흩어진 봉선화 씨앗
갱신을 가르쳐 주었네.
사물에 이름이 필요한 이유와
슬픔 같은 은유까지
가르쳐 주었네.

들개의 비애

너는 더러 들개였다.
진흙이나 덤불이 묻은 것처럼 얼룩덜룩한 거죽으로
꼬리를 길게 땅에 끄는 들개.
더러운 것을 두려워하지 않고
새벽과 황혼을 어둠처럼 바라보는
들개.

너의 먹이는 불화였다.
탄생도 소망도 불화였으니 그것을 먹고 그것만을 생각
했다.
너는 온 세상을 떠돌아다녔다.

사는 게 무엇이랴
먹을 것만 있으면 한없이 돌아가는 그라인더처럼
산다는 게 무엇이랴

너의 눈 사이로
너의 가슴 사이로

언뜻 스치는 참혹한 탐욕.
한곳만 바라보는 비뚤어진 눈길.
그것이 너의 비애려니 들개여,

그 비애에 목숨을 건 너의 이념
곱으로 갚으며 앞만 보고 가야 할
네 운명.

너무 벼려 날이 넘은
끔찍한 슬픔이다.

너의 비애를 내려다볼 것이니
노 아베
붉은 눈의 짐승이여

김칫국

남은 국물과 마른 김치의 결합
밑바닥 미식회의 향연.

며칠 전 냉장고에 보관한
국 냄비를 꺼낸다.
냉장고 안에 쌓인 잡동사니들을 꺼내고
락앤락 안의 마른 김치들
싹둑싹둑 잘라 냄비에 넣은 다음
물을 붓는다.

혁명이라고 부를 수 없다면
혁신이라고 부르겠다.
오래된 된장국에 눌린 신 김치를 넣어
버무리는 것.
버무린 다음 물을 부어 숟가락으로 휘젓는 것.
휘저은 다음 김치 국물을 더 넣는 것.

맛있는 김치 국물은

더 맛있는 국을 만든다.
끓이다가 생각나
냉장고 바닥에 붙어 꼼짝도 않는
오래된 고추나물을 넣는다.
더 맛있는 국물이 되는
나의 고물 융합 신재생 첨단 레시피.

먹는 것을 단순하게
버캐를 걷어 내고 들뜬 김치를
꾹꾹 눌러 주는
신성한 나의 정찬.

광주공원

구석은 구석에 부려져 있다.
떠나는 빛이 신은 슬리퍼 소리가 쩔걱인다.

구석의 살림살이는 맨몸에 닿는 찬 감촉과
그 감촉을 지탱해 주는 벽뿐이다.
그것은 비둘기처럼 모여 앉은
영감님들의
오래된 레퍼토리와 같다.

영감님들의 가슴
봄볕의 기억이 저잣거리의 분내를 불러도
그들은 이미 입영 도장을 받은
넓적다리가 아니다.
외투 안을 치닫는 바람과
강퍅한 안식의 언덕에 찍힌 세월의 차표
건너편 정육점 걸쇠에 걸린
흐벅진 고기들이 푸르기만 하다.

어쩌다 손길을 내밀어도
꿈쩍도 않는다 구석이라며 손사래를 치고는
두 손가락으로
상처 하나만을 집어 들고 물러앉는
손목 위 파리한 힘줄에 거미줄처럼 출렁이는
시간의 허무.

공원을 지날 때마다 과거로부터 밀려오는
웃음소리를 듣는다.
불 꺼진 문틈으로
새어 들어오던 희미한 세상의 이야기와
둥글게 말던 몸의 기억을 읽는다.
닳아 버린 시간이 철컹철컹 깃을 세운다.

공원의 구석은 날마다 작별의 제의를 펼치며
심지를 자르듯 회한을 닦고 있다.

지점

지점이 있다는 것을
분명히 안다.
직선 혹은 사선이거나
기울어졌거나 구부러진 경계
어쩌면 꼭짓점이거나 변곡점일 수도 있는
아니면 모든 것의 무엇인 지점.

상상만으론 알 수 없는
마음으로 일어서고 앉는 곳.

삶이 미로 같을 때
스치는 사람들의 짧은 고통으로 느끼는,
병실 안 햇빛 속을 부유하는 티끌 같은,
거친 수염으로 생의 비탈을 깎는 곳.

비수처럼 번개처럼
혹은 종소리처럼
황혼이나 여명을

찰나의 영감으로 가르는 곳.

그곳을 향해 가지만
가도 가도 알 수 없어
끊임없이 달려가다가 종래는 방향을 잃고
곡절로 서성일 때의 뒷모습,
끝이라고 생각했던 곳의 혼란과
안간힘을 쓰다가 주저앉을 때 언뜻 보이는 확연한 사유.

문득 안개 낀 들판을 향해
그럼에도, 라고 쓴다.
그래야만 지점으로 갈 수 있다고 생각해
끝을 문대고 줄을 잇는다.
마지막은 없는 것이라고 중얼거린다.

며칠

며칠 숲 그늘을 바라보다가
고개를 돌리니
이미 꽃의 속 몸,

그 안의 논개보다 붉은 사랑, 물끄러미 바라보다가
사랑보다 더한 것들, 들여다보다가

다시 며칠, 바람 부는
소리에 무릎 꿇으니
우수수 꽃 이파리들 떨어진다.

떨어지는 것은 봄
떨어지는 것은 나의 오래된
유미주의唯美主義

다시 또 며칠이 지나면
떨어진 꽃
그들이 떠나왔던 기억 안으로

스러지리니

오가는 것들의 슬픔
넉넉히 가라앉아
여러 겹으로 질펀히 쌓이기를.

목공의 추억

강력 본드는 오 분이면 붙는다.
그동안 붙여야 할 것을 강하게 밀어붙여야 한다.

막다른 골목에서 뛰어내리다가 팔이 부러진 혁명과
물 대포를 맞아 갈비뼈가 부러진 오월.
아직도 가라앉아 어둠을 적시는 세월의 부표를 꺼내 닦
는다.
사포처럼 펄럭이는 촛불.

정밀하게 먹줄을 대고
매끄럽게 대패로 다듬었다고 해도
잘못 붙어 부러진 다리가 덜렁거릴 수 있다.
붙은 어깨에서 쇳소리가 날 수도 있다.
그럼에도 끝까지 살과 뼈를 붙여야 한다.

장갑을 낀 손에
균열의 도드라진 촉감이 느껴지고
그 안에 웅크리고 있는 갈등이 끓어오를 때

자유의 상판과 민중의 다리가 몸을 꿰고
통증의 밑판이 드디어 어둠 속으로 몸을 넣는다.
본드가 힘을 준다, 힘이 무릎까지 내려간다. 형체가 드
러난다.

정말 붙어 버리고
붙어 버린 후에는 본드 속에서 나와 줄줄이 엮이는 아
픔들.
처음보다 더 센 놈이 되는 본드의 추억.
먼지가 날리는 마지막 관문에는
날카롭게 찌르는 본드의 반동이 있다.

아, 역사는 환청 어린 냄새의 저편에 있다.

치자꽃

순백색 치자꽃이
7월 뜨거운 한낮
내 마음 안으로 들어왔다.

꿈결 같다고 치자,
네 입술이 화로처럼 뜨거워 데일 것 같다고 치자,
오직 지금뿐이라고 치자, 라고 말했다.

다시 곰곰이 생각하더니

세월 속에서 그 향기 쓰리게 무너지고 나면
번뇌가 곰팡이처럼 필 텐데
그것보다…… 내 추한 모습 보이기 싫어,

사랑이라고 치자,
눈물이라고 치자, 라고 말하며
마음 밖으로 사라졌다.

화면

화면을 노려보고 있다.
내가 노려보는 건지
화면이 노려보는 건지

꿈같은 날들이 지나가면 리얼리즘이 시작되고
현실이 깃을 세우면 반동하는 낭만주의같이

어둠 속의 화면
화면 속의 어둠

도리 없이 날이 저물고
저문 날 속에 깊숙이 주저앉아

나의 덧없음과
너의 버거움을
꿰뚫을 것처럼

화면을 노려보고 있다.
어둠을 노려보고 있다.

책을 쓰고 싶다

평등에 관한 책이 있으면 좋겠다.
평등에 대한 개념 말고
실제로 평등할 수 있는 방법이
쉽게 쓰여 있는 책.

틀린 게 아니고
달라서 아름답다는 말 말고
그 이름을 불러서 꽃이 되었다는 말 말고
전봇대 왼편을 돌면 나오는 큰 은행나무 앞 우물가
흰 바위 옆 화단에 고만고만한 꽃들이 있어요,
그게 그거예요, 제발 그러지 말고.

머리로도 가슴으로도 분명하게
알 수 있는, 오류가 없는, 항상 진실한
누구나, 언제나, 어디나,
무엇이나, 어떻게 해도 똑같은

한때는 머리 좋은 사람은 조금

머리 나쁜 사람은 더 많이
노력하면 된다고 생각하기도 했지만
생각도 자꾸 바뀌는 법이다.
그런 거 말고, 늦은 정류장의 똑같은 쓸쓸함 말고
일을 끝낸 사람들이
연기를 피우며 왁자하게 마시는
삼겹살집의 온유한 양보 같은 것.

평등에 대해
'하느님의 법전' 같은 책을 써
침묵하고 있는 꿈과 희망들에게
나누어 주고 싶다.

기도

허리를 꺾고
다리를 분질러
주저앉고 싶다.

살고 죽는 것보다
있고 없는 것보다
간절히 지금을 깨뜨려

활의 시위처럼, 북의 울림막처럼
팽팽하게
단 한 번으로 부숴 버리고 싶다.

입에는 거대한 피리를 문 채
무소의 뿔같이 홀로
어둠을 자유롭게 낙하하고 싶다.

세상을 향한 길도 혼자 시작했으니
쇠 종처럼 무거운 소리로

우렁우렁 밟을 뿐이다.

밟고 또 밟아도
내 몸을 밟지 못한다면 나는
육 척 쇠못을 사방에 박을 것이다.

죽을 때까지 피를 뿜을 것이다.
모든 것을 비운 뒤
흰 바위가 될 것이다.

깔따구

구름이 잦아들더니 해가 다시 더위를 뿜네.
등 뒤로 흐르는 선풍기 바람을 따라
땀이 등골을 타고 내리네.

책상 위로 희미하게 움직이는 무엇
눈을 돌워 살펴보니 깔따구네.
움직인다고 하더라도 이미 그것은 너무나 작은 것.
검지로 더듬어 흔적을 익히네.

그런 뒤 쓱, 문지르네.
남겨진 비릿한 검은 기운,
사악하지도 않은 그것, 터무니없이 약한
그것.

비릿한 그것을 쳐다보는 것
아무것도, 아무 일도 아니네.
흔적도, 흔적을 없애는 것도,
있었음까지도 아무것도 아니네.

102

생각하네,
문드러진 흔적을 보며
나는 깔따구보다 나은 존재인가,
그것을 문지르면
그것은 또 무엇을 문질러야 하나
생각하네.

더위 안에
마른장마처럼 앉아
그리 세상을
더듬거리고 있네.

돈궤의 추억

부인들이 돈궤를 짠다.
자르고, 깎고, 쪼고, 다듬어
날리는 먼지 사이로 나무들이
새하얀 뒤꿈치를 드러낸다.

얼개를 만들고 주먹장의 사개물림을 추슬러
이윽고 빛을 머금어 새카맣게 어둠을 채운
궤짝들 운각과 족대와 촉의 오래된 만남.
이제 곧 옻칠은
빛나는 종지부를 찍을 것이다.
소반과 중반 앞닫이 반닫이 서안書案과 장인의 투혼이
투쟁하는 나무들의 역사.

궤짝을 짜 맞추던 목공들의 엄숙한 남루 대신
여인들의 평화가 깃들인 열정.
푸르게 삭은 꾸러미 동전이 담기던 곳에
드디어 세련과 교양이 멋으로 필 것이냐
저들이 깎은 것은 어쩌면 사랑이다.

허무다 슬픔이다 못 이룬 꿈이다.

흑연 가루를 바른 돈궤의 검정 표면은 칠흑 같은 밤이
다.

과거가 술렁인다 추억이 곤두선다.

저 궤들도 분명 오래전
춘하추동 바람에 흔들리던 나무들이었다.

모양을 갖춘 돈궤 앞에서 생각해 보니 나는
그렇고 그런 사람으로 태어나
그렇고 그런 세월을 보내고
그렇고 그런 세상을 살고 있다 나는 또
그렇고 그런 시를 쓰다가 죽을 것이다.

오래된 돈궤의 추억이다.

티끌

　총알보다 8배 빠른 속도로 10년 8개월 동안 64억km를 달린 우주 탐사선 로제타호가 2014년 12월 13일 혜성에 도착했다. 빛은 한반도를 천분의 일 초에, 지구를 100분의 일 초에 달린다. 우리가 보고 있는 희미한 별빛은 100억 년 전 우주의 끝에서 명멸한 누군가의 기침 소리이다.

　시간과 공간, 너와 나, 현실과 이상, 타율과 자율의 간격.

　태양계에서 지구는 해를 돌고 해는 블랙홀을 돈다. 지구는 행성行星이고 태양은 항성恒星이다. 은하계는 블랙홀을 중심으로 서 있다. 우리 은하계에는 행성은 빼고 항성만 1,000억 개다. 다른 은하계에는 항성 수가 많게는 100조 개라고 한다. 그런 은하계가 온 우주에 1,700억 개라니! 우주 별의 개수는 과연 셀 수도 없다.

　상상할 수 없는 상상이여. 참의 붕괴여. 거짓의 각성이여.

고요히 흐르는 자연의 법칙
저 우주와 내 안의 우주가 만나는
생각의 불꽃이 환하다.

사거리 신호등

고층 빌딩 옥상에서 아래를
내려다본다. 빨강과 파랑 신호에 따라
멈추고 전진하는 것들의 질서.

콩들이다 작은 콩과 큰 콩,
그리고 아주 큰 콩.
밀물이면 몰려들고
썰물이면 빠져나간다.
제각각의 머릿속으로
제각각의 종착지를 향해

모든 것이 다른 내피의,
똑같은 외피를 입은 콩만 한 것들.
오른쪽으로 가거나 왼쪽으로 가고
더러는 반듯이 가다가 돌아서는
저 콩만 한 것들의 관행.
기호들 이미지들 관념들.

색깔을 지우면 흩어지고
시간을 없애면 살아날까.
일상의 권태와 맹목의 정지선이 깨어나는 날,
사거리에 콩들의 푸른 잎이 넘실거리는 날.

봄아, 봄아

산 갈기마다 죽은 듯 엎드려 있는
정갈한 절망.
능성이를 타고 오르는 모호한 희망.

봄이 온다네,
아직 숲 그늘 안으로만 잠겨 있고
경계를 가르는 시냇물
언 몸의 새벽을 뒤척이는데

봄이 온다고 하네,
긴 그리움에 싸여 처마 끝 풍경風磬 떨고 있는데

밤마다 도회지의 저문 날빛을 서성여도
그대 창문의 등불은 켜질 줄 모르건만
새봄이 눈물처럼 온다고 하네.

꿈꾸지 못한
지난 세월의 월야독작月夜獨酌

체념으로 베어 낸 그대, 그 자리에서
다시 노란 봄이
꾸역꾸역 온다고 하네.

분투

꺾인 장미가 아까워
끝을 잘라 맥주 컵에 물을 붓고 꽂아 놓았다.
시간이 흘러 한쪽 줄기만 남고 모든 잎이 말라 떨어졌다.

어느 날, 부스스, 안경이 없는 눈으로 그 컵을 바라보니
매끈하게 잘린 곳이 크고 투명하게 보인다. 두 개로 갈라
져 뾰족하게 낯선 무언가가 서성이고 있다.

뿌리의 분투가 분명하다. 껍질을 째고 나온 삶을 향한
욕기慾氣, 체념을 무너뜨린 생기의 표출. 삶도 이와 같지
않은가 생각하다가 여기까지 살아온 나의 분투가 컵 안
물처럼 끓는다.

툭, 발밑에 시간이 떨어진다. 시침과 분침과 초침이 떨
어진다.
그동안의 우리의 분투가 툭, 툭, 툭 떨어진다.

제4부 빈집

단풍

오늘은 정말 울고 싶다이.
비 내리는 강물 따라 추억이 밀려와
어쩐지 오늘은 울고 싶다이.

너도 보고 싶고
또 너도 보고 잡고

낙엽은 이리 흩날리는디
다 떠난 것마냥 저 하늘까지 돌아서 멀어지고
마음이 깎인 듯 시리더니
인자 뜬금없이 옛날로 돌아가고 싶다이.

나한테 이미 가을이 온 것은 알았지만
가슴까지 꽉 찬 줄은 몰랐었는디
오늘 아침 피 같은 단풍을 보고 알았어야.

가슴이 먹먹해져 정말로 슬프다이.
비 내리는 강물 타고 설움이 밀려와

징하게도 울고 싶다이.

어둠 속에서

어둠 속에서 불을 땐다.
지게질해 온 나무들
뚝뚝 분질러 넣고 불을 땐다.
별빛과, 새들의 울음소리, 강아지들의
짖는 소리까지
부지깽이로 밀어 넣고
불을 땐다.

어둠은 짙어져 내 과거와 같고
지난 세월의 반추 또한 익숙하다.
주워 온 대나무와
오동잎과 부러진 참나무 가지를
아궁이에 밀어 넣고
불을 땐다.

기쁨과 행복과 평화도 때고
더러는 좌절과 번민과 고통도 땐다.
언젠가 내 부엌의

무쇠솥이 끓을 때까지
불타는 나무들을 헤적이며
나는 오늘도
어둠 속에서 불을 때고 있다.

꽃받침

비 온 뒤 한적해진 페이브먼트*를 걷다가
꽃답게 죽은 나무의 청춘을 본다.*

흰 꽃잎과 붉은 꽃받침들,
또는 뒤섞여 붉은
꽃받침과 바스러진 흰 꽃잎들
길가 양편으로 흩날린다.

제 몫의 찬탄을 다한
꽃잎이야 그렇다 쳐도
꽃잎을 보듬고만 있던 꽃받침은
왜 떨어진 것이냐.

눈부신, 더러
쓸쓸히 날리는 꽃잎만 있고
꽃받침이 없는 삶이
붉은 강물에 씻긴다.

꽃잎과 받침은 본디
하나였는데도 흰 포말이 되어
아스라이 멀어지는
그리운 것들.

모더니즘의 "페이브먼트" 같은 것들.

* 정지용의 시 「카페 프란츠」에 나오는 말. 포장된 도로.
* 이형기 시인의 「낙화」 중 "나의 청춘은 꽃답게 죽는다"의 변용.

소주

소주가 한 끼 식사가 될 줄은 몰랐다.

비는 내리고 술이 그립다.
같이 마실 이 없어
소주 한 병을 멸치 소반에 담고
창가에 앉는다.

밤이 내리는 풍경
송진같이 가슴에 고이는 어둠
똘똘똘, 맑은 소주를 부어 유리잔을 치켜드니
늙은 회상回想 하나 함께 잔을 들고
마주 앉아 건너다본다.

한 잔을 마시니 눈망울이 가라앉고
두 잔을 마시고 보니 추억이 그득하다.
세 잔을 마시고 들으니 말씀 안에 회한이 깊고 깊다.

그가 이리 높은 식견을 가졌다는 걸 알았다면

젊은 시절 한 번쯤 귀 기울였을 것을.
또 한 잔을 마시고 나니
혀끝으로 밀려오는 카타르시스.

멸치가 다할 때 술도 떨어져
우리는 어깨를 얼싸안고 등허리를 두들겼다.
그렇게 서로의 과거를 오래도록 위무하고
짚단인 양 쓰러졌다.

그렇게 소주는 한 끼의 식사가 되었다

빈집
− 회귀

이제 집은 왔던 길로 돌아가려 한다.
밭은기침으로 밤이 기울 때
고샅의 샛바람이 몸을 내밀며 집을 그러안는다.
철 대문은 허물어진 돌담과 빗장을 어루만지고
깨진 장독은 그렁그렁하게
지난 풍경을 풀고 있다.
생애 온갖 병풍이었을 마당에서 제 몸을 궁굴리며
낡은 멍석이 곧추서는 사이
뒤란을 빠져나가는 세월
늙은 집이 부스스 뒷짐을 지며 일어선다.
집의 기억 안에서 스러지는
느슨했던 날들의 의식儀式
봉창을 열던 희미한 손의 안식
등불이 꺼지고 별이 깜빡일 때
주린 배를 채우던 평화
우그러진 몸을 추켜세우다가
낮과 밤 사이를 생각한다.
어둠을 헤매다 늙은 우물을 길어 오르던

빈한했던 축제를 떠올린다 섬돌 위

해진 신발을 읽다가 그동안의 이별을 바라본다.

기침 소리를 따라 걷다 모퉁이에 서서

굽은 등을 편다. 더 이상 감당할 수 없는 침묵으로

천천히 머리를 쓸어내리고

몇 개의 검은 뼈로 쌉쌀한 생애를 반추하던 집은

한 생이 견뎌 낸 빛나는 바다를 생각한다.

질주와 노도, 우울과 안식

마침내 사그라지고 나면 흔적뿐인 희미한 향기까지.

기우뚱 집이 기울고

숨이 멎듯 풍경風磬이 운다.

비가 내리면

비가 내리면 좋겠다.
비가 내려 대지를 적시고
그 안에 담긴 씨앗들이
무사히 땅을 뚫고 나와
푸르게 이파리를 올리면 좋겠다.

비가 내리면
할머니는 집으로 돌아갈 것이다.
집으로 돌아가 마당귀에서
뽀득뽀득 발을 씻고
마루에 올라앉아 하늘을 볼 것이다.
집을 떠난 자식들을 생각하고
그들이 공장이나 회사에서
혹은 거리에서 땀을 흘리며
일하는 모습을 그리거나
그들이 그 길을 가기 위해 애썼던 날들의
노고를 어루만질 것이다.

훠어이 훠어이
검은 얼굴과 검은 손으로
땡볕 밭 귀퉁이 허수아비 그늘에 앉아
씨앗을 쪼려는 새들과 세상을 향해
더 이상 손을 흔들지 않을 것이다.
비가 내리면

구부정하게 허리를 숙이고
축축이 젖은 몸으로
집으로 돌아갈 것이다.
비가 내리면 할머니는.

빈집
‐ 소멸점 너머

고요가 녹슨 주발처럼 푸르다.

대숲을 지나
우듬지의 찌르레기 소리를 지나
홀로 버려진
사금파리 파편의 세월을 지나
아무도 살지 않는
빈집.

머리를 숙인
낮달이 하늘가에 걸려 있다.
집의 숨결이 더디다.
기억 또한 천천히 머리를 눕히고 있다.
인연 안에서
마삭줄처럼 엉킨 과거를
생각한다.

툭, 검은 대들보에서 떨어지는

흙덩이, 흔적,
오래된 천국의 꿈결들.

시간이 마그네슘 플래시처럼
소멸점 너머로 사라진다.

천천히 스러지는
고래 뼈 같은 굽은 등.

불이不二를 위하여
− 2017 겨울 산책

어둠이 그렇듯
겨울은 헤어지기 두려운 계절이다.
묶고 나서 다시 풀어야 하는 것처럼
풀어진 마음을 다시 꽁꽁 얼려야만
뒤를 돌아볼 수 있다.
떠나는 사람들의 어깨를
하나하나 짚을 수는 없는 것 그들의 얼굴을
하나하나 쓰다듬을 수도 없는 것.
그동안 낯선 발자국을 따라 쳐다본
이국의 하늘, 불이不二의 풍경이여.
기약이란 너무 흔하다.
현실은 새롭고 꿈은 늘 거칠다.
지나간 세월을 화인처럼 새기나니
잘 가시라, 우리들의 한 시절,
찰나로 빛나는 영원한 미궁이여.
창문을 열듯 다시 먼 길을 나서는 그림자
불안한 어깨 위에도
노랑나비 한 마리 내려앉기를.

그리하여 우리들의 재회가 광장의 날갯짓,
비둘기 부리만큼이라도 온유하기를.
아, 벌써부터 그리움이다.

라며, 라고

먼저 갈게요, 라며 떠난 사람이
말없이 돌아와 앉는다.
노심초사했을까, 그의 흔적이 안쓰럽다.
그의 낭만을 바라본다.
세상은 여전히 어깨를 접고 서 있고
바람이 불자 목이 멘 그 다시
흔들리는 풍경 속으로 사라진다.
그가 남긴 덧없음만
잠자리 날개같이
날고 있는 오후의 하늘
푸른 물처럼 푸르러 생각한다.
저 하늘의 동쪽으로 갈 수 있다면
나도 햇살에 녹은 사탕처럼 세상을 바라보며
그의 마음에 넉넉히 떠오르는
붉은 아침을 만들어 줄 수 있을 텐데, 라고.

국밥집 처마 밑에서

바람 부는 저녁 국밥집 처마 밑에 서 있다.

골목 끝에 어른거리는 주황색 불빛.

비와 시간이 섞여 회오리치고

구부러진 곡절 같은

길들이 팽팽하게 부풀고 기우는 풍경.

세상은 이미 머리까지 잠겼다.

문득 발걸음을 떼려 할 때 좌판 위 비 맞은 돼지머리

행복한가, 아름다운가, 묻는다.

밤이 활대처럼 휜다.

가을에게 묻는다

오래된 벤치, 늙은 나무 아래서
가을에게 묻는다 그 꿈결 같던 세월 어디로 간 것이냐고.
벤치를 싸고 있는 허무, 가득한 고독
폭죽처럼 화려했던 정경 간데없고
부서지고 베어져 상처만 남은 공원 안의
낙엽을 몰고 온 과거와 그 안에 담긴 세상의 이치가
섧다, 눈부시다.

가을 편지가 정녕
내게도 온 것이냐, 아내에게도 왔느냐.
그리하여 우리가 이미 이 공원의 풍경이 된 것이냐.

따뜻한 바위틈에 앉아 감을 깎아 건네는
늙은 여자가 귀하다 흩날리는 바람의 의미가 새로워
살아왔던 날들이 푸른 하늘처럼 말갛다.

문득 이미 시작된 우리들의 겨울에게
악수를 건넨다 얼굴을 붉힌 채 차마 떠나지 못하는 젊

은 날들에게도
　잘 가라는 눈인사를 보낸다.

　가야 하는 것들과 남아야 하는 것들이
　늙은 나무 아래 필연의 곡절로 만난 이 가을 풍경,
　흩날리는 낙엽을 보며.

숲속의 빈센트

바람이 찢어질 듯 부는 숲속에 앉아
빈센트를 듣는다.

비바람에 지지 않는 노래와
노래 안에 담긴 사내의 생애를.

회청색 눈동자의 허무를 잊지 않겠다.

빈 복도에 걸려 있는 별이 빛나는 밤
그의 치욕이 너무나 아름답다.

숲속에 앉아 고독을 맞으면서야
당신이 무얼 말하려 했는지 안다.

귀를 감은 붕대, 초상화 속 코가 굽은 사내의
자유와 해방이 무엇인지를.

그가 그린 젖은 구두를 보며 구두 안에 담긴

의미를 따라 평생을 벼리다 간 사내와

어느 날 그의 생애에 과녁처럼 명중된
사내의 노래가 태풍을 뚫고 내게로 온다.

빈센트 반 고흐가 온다.

그가 바라던 세상은 아니지만
초상화 속 세상을 응시하는
숲속의 저 강렬한 눈.

* 돈 맥클린(Don Mclean)의 「빈센트」 노래 중 일부 인용

석곡 난

아파트 베란다에서도 꽃은 핀다.
킹기아눔 석곡의 분홍색 향기,
향기에 담긴
그리운 것들.
그리운 시절들.

꽃, 마디, 줄기로
몸을 늘리며 발돋움하는 것은
그리움의 지극한 방식이다.

쪼그리고 앉아 꽃을 보는 것도
구부려 안간힘을 쓰고 바라보는 것도
좁은 공간에서 생을 그리는 방식이다.

때때로 꽃은 핀다.
세상천지 어디서나
겨울은 가고 봄은 오고
봄은 가고 가을은 온다.

그중 지금의
잊지 못할 베란다
봄꽃 향기

어느 때의 잊지 못할
그리운 얼굴 때문인가.

낮잠

노인 둘이 경비실 앞 의자에 앉아
꾸벅꾸벅 졸고 있다.

마른 햇볕이 두 노인 곁에서 툭툭 떨어진다.
정원석 틈새 선홍빛 철쭉이 애늙은이 같다.

시간이 굴렁쇠처럼 건물을 돌고
옥상 위에 비스듬히 기운 낮달.

노인들 옆구리에서 말풍선이 돋더니
커진다, 커진다, 물갈퀴 같은 그리움.

날까, 언제 날아갈까,
해오라기처럼 스스슥.

드디어 난다 날고 있다.
저 홀연히 나는 건 앓고 난 봄꿈이려니

오, 쑥대머리 꿈결 같은
중모리장단.

언제나 그리움이네

그리움으로 눈을 뜨네.
눈만 뜨면 그리움이네.

문득 도로의 인파 속에서
더러는 강가의 어둔 불빛 아래서도
그대를 꿈꾸네.

슬픔은 소주잔에도 가라앉네.
목을 타고 넘는 뜨거움.
떨어지는 동백꽃보다 처연한 절망일지 몰라
기다리면 스러지고 말 것 같은 긴 꿈.

지친 어깨에도
휘돌아 가는 바람 끝에도
손을 찔러 넣은 빈 호주머니에도 그대는 있어
오늘 밤도 빈 몸을 뒤척이네.

눈을 감으면 다시 그리움이네.

그대 있는 것만으로

그대 있는 것만으로 하늘이 눈부셔.
말도 눈짓도 할 수 없지만
그저 그리움만으로 찬란해.

언제나 꽃 같은 그대, 그대 그리메에 내 연모를 묻노니
부디 그대를 감도는 바람이게 해 줘요.
그저 그리워만 할 뿐,
달맞이꽃같이 그저 그리워만 할 뿐.

오래도록 그대를 생각하노라면 내 꿈의 허방을 알아
다다를 수 없는 먼 미리내의 강이라는걸.
내가 내미는 만큼 그대의 번민이 달빛처럼 차올라
나의 슬픔 썰물처럼 짙어지느니
아, 그대의 무심한 평화가 내게는 탄식이어.

그대 있는 것만으로 그냥 그리워만 할 뿐.

늙어 슬픔이거나 사랑이거나

다시 청춘으로 돌아갈 수 없다 해도
그리움이 모두 스러진 것은 아니다.

죽을 것 같다고 말하지 않는다 해도
사랑이 사라진 것은 아니다.

해거름 바다가 더 황홀한 것처럼
살아 있다는 것은 언제까지나 아름다운 추억

여태 슬픔이 남아 있는 그대여
그대는 충분히 꿈결 같은 사람

달빛이 알불처럼 켜지고
검은 산등성이 그대 안에 서성일 때

그대의 꿈은 무엇인가.
그대의 캔버스엔 무엇이 그려져 있는가.

땅끝에서

밀려오고 밀려가는 물결

바다는 영겁으로부터 흐른다.

바다가 시작되는 땅끝에서

생애를 흘러온 감정들이 뭉근하게 가라앉을 때

알게 되는 진실.

흘러가는 것이 모든 것은 아니다.

바다처럼 들고 나야만 보이는 법

멀어지는 배로부터 배가 되기까지

나무의 시절을 읽는다.

바다 앞에서 기쁨 뒤의 슬픔을 본다.

쓸쓸하고 우울한 자아의 심미적 초상

이은봉 시인·광주대학교 명예교수·대전문학관장

문학, 철학, 역사를 두고 인문학이라고 한다. 그중에서도 문학을 두고서는 특별히 인간학이라고 부른다. 서정시도 인간학이기는 마찬가지이다. 남을 대상으로 하든 나를 대상으로 하든 서정시도 인간을 말하는 언어 예술이다. 자연을 대상으로 하더라도 그것은 마찬가지이다. 이때의 자연에도 인간이 스미어 있기 때문이다.

물론 시에서 인간을 말하는 주체는 '나'이다. 이때의 '나'를 두고 흔히 화자라고 한다. 그러한 까닭은 시에서는 인간을 말하는 과정에 주체인 '나'가 항용 가공되고 꾸며지기 때문이다. 비록 가공되고 꾸며진다고 하더라도 가공되고 꾸며진 '나' 또한 나인 것은 사실이다. '나'라는 것이 본래 나에 의해 끊임없이 절차탁마될 수밖에 없는 것이기 때문이다.

따라서 시에 투영되어 있는 '나', 곧 화자를 추적하다 보면 한 시인의 시 세계를 잘 알게 된다. 그러한 점에서 시인 고성혁의 이번 시집에 드러나 있는 '나'를 추적하는 과정을 통해 그의 시 세계를 살펴보려고 한다.

그는 지방 정부에서 공무원으로 근무하다 퇴직한 사람이다. 그의 시에는 무엇보다 이러한 전기적 사실을 유추할 수 있는 표현들이 제법 등장한다. 퇴직할 즈음 겪게 되었을 법한 "꽃은 다발이 되는 순간/슬픔으로 찬란하다"(「꽃다발 - 퇴역에 대하여」)와 같은 구절이 바로 그것이다. "꽃을 자르는 손놀림을 보다가/꽃 안에서 걸어 나오는/감정感情을 읽는"(「꽃다발 - 꽃집에서」) 사람이 그라는 것을 알면 퇴직할 무렵 그가 겪었을 고통을 쉽게 짐작할 수 있다.

이번 시집을 읽게 되면 무엇보다 그가 미래보다는 과거를 향한 눈을 지닌 사람이라는 것을 알게 된다. 무엇보다 과거를 회상하는 자아, 곧 세월에 대한 자각을 지니고 있는 사람이 그라는 것이다. 뿐만이 아니라 그가 북받치는 설움, 들끓는 내면, 그리움이 많은 사람이라는 것도 깨닫게 된다. 말하자면 "간절히 지금을 깨뜨려" "허리를 꺾고/다리를 분질러/주저앉고"(「기도」) 싶어 하는 것이 그라는 것을 확인할 수 있다.

그가 이러한 정서를 갖게 된 까닭은 무엇 때문인가. 아마도 이는 그가 오늘의 현실을 어둠으로 파악하고 있기 때문으로 보인다. 그에게는 오늘의 현실이 어둠으로 가득차 있다는 것인데, 다음의 시들이 이를 잘 말해 준다.

뭉쳤던 어둠이 가시고/골목이 열린다

—「아들의 전화」부분

기억의 어둠에서 날아와/자음이 되고 모음이 되는 어머니

—「어머니의 빈칸」부분

달빛은 미몽 속에서 부유하고/노란 가로등은 어둠의 간격을 재고 있다.

—「영등포의 밤」부분

끝내 한 점 어둠으로 남는 걸 본 적은 있는가.//어둠과 숲과 고독이 유장하다.

—「팽나무 풍경」부분

어둠이 봉새같이 내려앉는 골짜기/적막과 고요가 북
의 울림막처럼 팽팽하다.

-「풍경」 부분

위 예문은 그의 시에 드러나 있는 '어둠'의 언표를 대충
모아 본 것이다. 예로 든 구절만으로도 그가 '어둠'의 언
표를 매우 자주 사용해온 것이 확인된다. 물론 그의 시에
이처럼 어둠이라는 언표가 횡행하는 것은 그의 마음이 어
둡기 때문이다. 이들 어둠의 이미지는 여타의 그의 시 「어
둠 속에서」, 「어둠 속의 상상」에서도 찾아볼 수 있다. 그는
자신에게 부여되는 어둠을 있는 그대로 수용하지는 않는
다. 시 「어둠 속에서」를 살펴보면 그는 끊임없이 "어둠 속
에서 불을" 때는 사람이다.

어둠 속에서 불을 땐다.
지게질해 온 나무들
뚝뚝 분질러 넣고 불을 땐다.
별빛과, 새들의 울음소리, 강아지들의
짖는 소리까지
부지깽이로 밀어 넣고
불을 땐다.

어둠은 짙어져 내 과거와 같고

지난 세월의 반추 또한 익숙하다.

주워 온 대나무와

오동잎과 부러진 참나무 가지를

아궁이에 밀어 넣고

불을 땐다.

– 「어둠 속에서」 부분

이 시에서의 화자는 끊임없이 "어둠 속에서 불을" 때는
사람이다. "지게질해 온 나무들/뚝뚝 분질러 넣고 불을"
때는 화자는 물론 시인이다. 이때의 불을 때는 일은 어둠
을 밝히는 일과 다르지 않다. "별빛과, 새들의 울음소리,
강아지들의/짖는 소리까지/부지깽이로 밀어 넣고/불을"
때는 일이 어둠 속에서 불을 밝히는 것과 다르지 않다는
것이다. 그렇다. 이미 "짙어져 내 과거와 같"아진 어둠이
지만 그는 지금 "주워 온 대나무와/오동잎과 부러진 참나
무 가지를/아궁이에 밀어 넣고/불을" 때고 있다.

불을 때며 어둠을 밝히는 행위에서 느낄 수 있는 것은
무슨 일이 있어도 희망을 잃지 않겠다는 그의 각오이다.
이러한 긍정의 마음은 그가 다른 시에서 "칠흑은 있어도/

칠흑 같은 어둠은 없다"면서 광채가 없는데도 "어둠에 칠흑을 빗댄 이유는/그리움 때문이다"라고 말하는 것에서도 확인이 된다. 어둠을 극복하고자 하는 긍정의 마음은 때로 "빛은 어둠이 있어 그리움으로 남고/그리움은 빛이 있는 한 향수鄕愁로 남는다"(「어둠 속의 상상」)와 같은 경구를 낳기도 한다.

본래 어둠은 적막의 형식으로 구체화되기 마련이다. 그래서일까. 그의 시에서도 어둠에 대한 인식은 항용 적막에 대한 인식으로 전이되어 드러난다. "어둠이 붕새같이 내려앉는 골짜기/적막과 고요가 북의 울림막처럼 팽팽하다."(「풍경」)와 같은 표현이 가능한 것은 바로 그 때문이다. "고요가 녹슨 주발처럼 푸르다.//대숲을 지나/우듬지의 찌르레기 소리를 지나"와 같은 표현도 같은 맥락에서 읽을 때 좀 더 잘 이해된다. 그가 어둠, 적막, 고요 등을 친족 관계의 심리로 인식하고 있는 것은 다음의 예를 통해서도 확인이 된다.

오후의 적막으로/팽나무의 정밀한 속삭임과 건넛산의 서늘한 눈망울로/칼끝을 벼리듯 나를 벼린다.

– 「부곡리 풍경 – 2014. 7. 31.」 부분

멀리 점 하나 다가오더니 휙, 새가 되어 지나간다.//천
지간에 강철같이 흐르는 적막

- 「적막」 전문

사물은 죽음처럼 처음과 같이 그대로이다./움직이는
건 움집 굴뚝이 내뿜는 푸른 적막뿐

- 「겨울 풍경」 부분

위의 시들에 따르면 겉으로 드러난 어둡고 적막하고 고
요한 것은 시인 자신이 아니라 타자, 곧 세상이거나 자연
인 것처럼 보인다. 어둡고 적막하고 고요하다는 것은 죽
어 있다는 것이거니와, 우선은 "천지간에 강철같이 흐르
는 적막"(「적막」)에 주목하고 있는 것이 그이다. 하지만
꼼꼼히 따져 보면 타자, 곧 세상과 자연이 어둠과 적막과
고요에 싸여 있는 것은 시인 자신의 마음이 어둠과 적막
과 고요에 싸여 있기 때문으로 보인다. 저 자신의 자아가
어둡고 적막하고 고요하기 때문에 그가 천지간을, 곧 세
상과 자연을 어둡고 적막하고 고요하게 받아들인다는 것
이다.

시인이 자신의 자아를 어둡고 적막하고 고요하다고 인
식하는 것은 그가 자신의 현존을 부정적으로 인식하고 있

다는 것과 다르지 않다. 그가 부정적인 자아 개념을 갖고 있다는 것인데, 이는 "나를 기리는 건 택도 없는 일이다./저 숲도, 매미도, 바람도/나의 위안은 참으로 뜬금없는 자폭이려니"(「부곡리 풍경 — 2014. 7. 31.」)와 같은 구절을 통해서도 확인이 된다. "나를 본다./몸은 없고 그림자만 있다./나는 있되 없다"라고 고백하고 있는 것이 시에서의 그라는 것을 잊어서는 안 된다. 이처럼 그의 시에서는 생명의 냄새보다는 죽음의 냄새가 난다. 심지어는 저 자신을 두고 "그저 한 개의/똥 친 막대기"(「나는」)라고 진술하고 있는 것이 그이다.

물론 시인이 저 자신의 자아를 이렇게 진술하는 것은 저 자신의 현존을 부정하는 것이 아닐 수도 있다. 그것이 타자에 의해 존재의 의미가 결정되는 자아, 곧 저 자신의 실재를 발견하고 깨닫는 과정에서 획득된 한 언표일 수도 있기 때문이다. 언제나 타자에 의해 인간의 현존이 의미화된다는 것을 알게 되면 이는 더욱 자명해진다. 게다가 시인은 항상 겸손한 사람, 곧 하심을 잃지 않는 사람이지 않은가. 그가 다른 시에서 "잎은 꽃을 그리워하고/꽃은 잎을 그리워하는/상사화처럼 그 꽁무니를/쳐다보았다"(「고추잠자리」)라고 노래하는 것도 이와 무관하지 않다.

이로 미루어 보더라도 나를 대상으로 하든 남을 대상으

로 하든 시 역시 인간학이라는 점은 명백하다. 여기서 인간학이라는 것은 당연히 시가 인간을 노래하는 언어 예술이라는 뜻이다. 겉으로는 남을 노래하는 것처럼 보이더라도 실제로는 나를 노래하기 일쑤인 것이 서정시의 보편적인 특징이 아닌가.

내일보다는 어제를 향하고 있는 것이 시인의 눈이니 만큼 회상의 형식을 통해 그가 되돌아보는 것은 과거의 어느 때이기도 하다. 그것은 다음의 시에서도 마찬가지이다.

웨딩드레스를 입었던 조카의 얼굴이 어른거리더니
그 아이의 아빠와 살았던 서산동 언덕배기 집이 생각
났습니다.

그 집에서 동생은 태어났고 나는
그 아랫집으로 떨어져 팔이 부러졌습니다.

산자락에 금을 긋고 그 위에 지었던 집들.
어김없이 다닥다닥 붙고 포개졌던 길들.

서산동은 정말 서산에 있었습니다.
싸움 소리에 파도와 비린내와 기름 냄새가 뒤덮여

누구랄 것 없이 지렸던 삶들.

차라리 공평했던 풍경들.

서산동에서 배냇저고리를 입고 강보에 싸여 있던 동
생과

새빨갛게 우는 동생을 내려다보던 내 찡그린 얼굴이
보이더니

조카의 팔을 끼고 가던 동생의 주름이 오버랩됩니다.

세월이 많이 흘렀나 봅니다.

서산동에서 판교까지 세상은 어떻게 흘렀을까요.

그 안에 먹고 마시고 숨 쉰 것들,

지치고 안고 어루만진 것들 어디로 갔을까요.

－「회상」 부분

이 시에서 시인은 "서산동 언덕배기 집"에서 살던 과거
를 회상하고 있다. 여기서 말하는 "서산동 언덕배기 집"
은 목포의 유달산 서남쪽에 위치한 판자촌의 집을 가리킨
다. 아직도 잘 보존되어 있는 이 판자촌 언덕배기의 집들
은 시나 영화 등을 통해서도 확인된 바 있다. 이 서산동

언덕배기의 집들을 두고 그는 "산자락에 금을 긋고 그 위에 지었던" 집들이고, 그곳의 길들은 "어김없이 다닥다닥 붙고 포개졌던" 길들이라고 말한다. 이 "서산동 언덕배기 집"에서는 조카가 살았고, 조카의 아버지인 동생이 살았고, 동생의 형인 내가 살았다. 시인은 "그 집에서 동생은 태어났고 나는/그 아랫집으로 떨어져 팔이 부러졌"다고 고백하기도 한다.

겉으로는 목포 유달산의 서남쪽에 위치한 "서산동 언덕배기 집"을 노래하고, 그 집에서 함께 살던 조카와 동생을 노래하고 있는 것이 이 시이다. 하지만 이 시는 그와 동시에 시인 저 자신을 노래하고 있기도 하다. 무엇보다 과거 한때 "서산동 언덕배기 집"에서 살던 시절을 회상하는 이 시의 주체가 시인 자신이라는 점을 주목해야 한다. 여기서 그가 지금 "강보에 싸여 있던 동생과/새빨갛게 우는 동생을 내려다보던 내 찡그린 얼굴"을 회상하고 있다는 것을 잊어서는 안 된다는 것이다.

이처럼 이 시에서 회상의 주체는 저 자신이다. 그렇다고는 하더라도 그가 끊임없이 타자와의 관계를 통해 자신을 발견하고, 확인하고, 성찰하고 있는 것은 사실이며, 그의 시에 등장하는 다른 많은 주체들도 마찬가지이다. 이를테면 친구의 "소주 한잔할래?/꾸깃꾸깃 접힌 문자"

로부터 "못에 박힌 듯 사무"치는 마음을 깨닫고 있는 것은 그라는 것이다.

물론 그에게 "저 미욱한 등불이"(「문자」)나 보내는 친구만 있는 것은 아니다. "내 숨구녁은 터 줬으면서 이녁은 평생 고달픈" 친구도 있다는 뜻이다. 아직도 "남의 집 지하 방에서 타그락타그락 지나치는 행인들의 걸음걸이로 끼니를 때우"(「잘 있는가」)고 있어 그를 매우 안쓰럽게 하고 안타깝게 하는 친구 말이다. 하지만 그를 좀 더 안쓰럽게 하고 안타깝게 하는 것은 친구보다 가족인 듯싶다. 그가 자신을 쓸쓸한가 하면 우울하고, 우울한가 하면 고독하게 느끼는 것도 실제로는 가족 때문이지 않은가 싶다.

일단은 먼저 회한이 깊은 자아, 무언가 외롭고 쓸쓸한 자아로 등장하는 시인 자신의 면모부터 살펴보기로 하자.

비는 내리고 술이 그립다.
같이 마실 이 없어
소주 한 병을 멸치 소반에 담고
창가에 앉는다.

밤이 내리는 풍경
송진같이 가슴에 고이는 어둠

똘똘똘, 맑은 소주를 부어 유리잔을 치켜드니
늙은 회상回想 하나 함께 잔을 들고
마주 앉아 건너다본다.

한 잔을 마시니 눈망울이 가라앉고
두 잔을 마시고 보니 추억이 그득하다.
세 잔을 마시고 들으니 말씀 안에 회한이 깊고 깊다.

－「소주」 부분

이 시를 읽게 되면 싸한 것, 차고 시린 것이 가슴 아래
께를 훅 하고 지나가는 느낌이 든다. 이를 두고 멜랑콜리
한 감정이라고 해도 좋다. 다소간 센티멘털해 보이는 면
은 없지 않지만 이 시로부터 플러스 정서보다는 마이너
스 정서를 느끼는 것은 사실이다. 이를 두고 그의 이번 시
집의 시들의 경우 동적인 기쁨보다 정적인 슬픔을 찾기
가 쉽다고 말해도 좋다. 다른 시에서는 "울고 싶다이./비
내리는 강물 따라 추억이 밀려와/어쩐지 오늘은 울고 싶
다이(「단풍」)라고 노래하고 있는 것이 그이다. 그의 시에
드러나 있는 이러한 특징과 관련해 '풍부한 감정' 운운하
기 쉽다. 하지만 나는 이와 관련해 '커다란 그리움' 운운
하고 싶다. 그의 시의 이러한 정서가 늘 그리움의 정서와

맞물려 있기 때문이다.

> 그리움으로 눈을 뜨네.
> 눈만 뜨면 그리움이네.
>
> 문득 도로의 인파 속에서
> 더러는 강가의 어둔 불빛 아래서도
> 그대를 꿈꾸네.
>
> 슬픔은 소주잔에도 가라앉네.
> 목을 타고 넘는 뜨거움.
>
> — 「언제나 그리움이네」 부분

이 시에 의하면 "그리움으로 눈을 뜨"는 사람, 곧 "눈만 뜨면 그리움"인 사람이 그라는 것을 알 수 있다. "도로의 인파 속에서/더러는 강가의 어둔 불빛 아래서도/그대를 꿈꾸"는 사람이 그라는 것이다. 그렇다면 이 시에서 그가 그리워하는 '그대'는 누구인가. 다른 시에서는 "그대 있는 것만으로 하늘이 눈부셔./말도 눈짓도 할 수 없지만/그저 그리움만으로 찬란해"라고 노래하는 것이 그이기도 하다. 이 시에서의 그대 또한 다르지 않거니와, "그대 있는 것만으로 그냥 그리워만 할 뿐"(「그대 있는 것만으로」)인 그대가 도대체 누구라는 말인가. 이른바 "여태 슬픔이 남아 있는 그대", "꿈결 같은 사람" 말이다.

남들이 모르는 곳에 감추어 놓은 연인인가. 그럴 수도 있으리라. 그 역시 "다시 청춘으로 돌아갈 수 없다 해도/ 그리움이 모두 스러진 것은 아니"(「늙어 슬픔이거나 사랑이거나」)기 때문이다. 하지만 다음의 시에 따르면 그의 시에 등장하는 모든 '그대'가 다 연인인 것만은 아닌 듯도 싶다.

다시 청춘으로 돌아갈 수 없다 해도
그리움이 모두 스러진 것은 아니다.

죽을 것 같다고 말하지 않는다 해도
사랑이 사라진 것은 아니다.

해거름 바다가 더 황홀한 것처럼
살아 있다는 것은 언제까지나 아름다운 추억

여태 슬픔이 남아 있는 그대여
그대는 충분히 꿈결 같은 사람

달빛이 알불처럼 켜지고

검은 산등성이 그대 안에 서성일 때

그대의 꿈은 무엇인가.

그대의 캔버스엔 무엇이 그려져 있는가.

―「늙어 슬픔이거나 사랑이거나」 전문

　이 시에서 시인은 "다시 청춘으로 돌아갈 수 없다 해도/그리움이 모두 스러진 것은 아니"라고 말한다. 여기서 그가 말하는 "그리움이 모두 스러진 것은 아니"라는 말은 다음 연의 "사랑이 사라진 것은 아니"라는 말과 다르지 않다. 사랑이 남아 있는 만큼 "살아 있다는 것은 언제까지나 아름다운 추억"을 불러일으키기 마련이다. 따라서 "슬픔이 남아 있는 그대여/그대는 충분히 꿈결 같은 사람"이라고 노래할 때의 그대를 남으로만, 타자로만 보아서는 안 된다. 그가 저 자신을 객관화해 표현한 것이 이 시에서의 '그대'일 수도 있기 때문이다. "달빛이 알불처럼 켜지고/검은 산등성이 그대 안에 서성일 때"의 그대가 시인 저 자신을 타자화한 표현일 수도 있다는 것이다. 그렇다면 "그대의 꿈은 무엇인가./그대의 캔버스엔 무엇이 그

려져 있는가"라고 되묻는 일은 저 자신에게 '내 꿈은 무엇
인가./내 캔버스엔 무엇이 그려져 있는가'라고 되묻는 일
이 되기도 한다. 인생의 막바지에 이르러 시인이 저 자신
의 어제와 오늘을 성찰, 확인하고 있는 것이 이 시라고도
할 수 있다는 것이다.

이로 미루어 보면 객관화된 자기 연민을 에둘러 표현한
것이 이 시가 된다. 물론 이 시에서와 같은 연민이 항상
저 자신만을 향하고 있는 것은 아니다. 그의 시에서 차마
어찌하지 못하는 마음, 즉 측은지심으로서의 연민은 가
족, 즉 아버지나 어머니, 형님이나 자식 등을 향하고 있는
경우도 상당하다. 이때의 가족에 대한 연민은 가부장으로
서의 책임 의식, 일종의 장남 의식과도 무관하지 않아 보
인다. 실제로는 장남이 아니라고 하더라도 공무원으로서
일정한 직책에 오른 그가 가족 전체에 대한 가부장 의식,
즉 장남 의식을 갖는 것은 자연스러운 일이다.

아버지에 대해 그가 그 나름의 독특한 연민, 안타까움
과 원망을 함께 지니고 있는 것도 이와 무관하지 않아 보
인다. 그가 자신의 시에서 "그래요, 아버지는, 제 삶의
어디에나 계셨네요./지금까지 밀어내기만 했건만/비 내
리는 제 마음 한구석에 앉아 껄껄껄 웃네요./껄껄껄, 껄
껄껄/호수의 파문처럼 웃고 있네요./알았으니 그만하세

요."(「아버지의 주장」)라고 노래하고 있는 것에서 느낄 수 있는 복합 감정 말이다. 아버지에 대한 연민이 이처럼 복합적인 데 비해 어머니에 대한 연민은 상대적으로 단순하다. 어머니에 대해서는 그가 "들창문에 넘치던 바람 소리는/어머니의 청춘이었을지도 모른다.//뒤란의 장독대를 적시는 는개비는/이루지 못한 사랑이었을지도 모른다."(「어머니의 빈칸」)라고 노래하고 있기 때문이다. 이 시에서 그는 는개비가 "뒤란의 장독대를 적시는" 것을 바라보며 어머니의 청춘을 생각하고, 어머니의 "이루지 못한 사랑"을 생각한다. 그렇다. 이 시에 드러나 있는 시인의 어머니에 대한 생각에서 일그러지고 찌그러진 정서를 찾기는 어렵다.

가족을 향하고 있는 측은지심, 곧 차마 어찌하지 못하는 마음은 자식을 향할 때 훨씬 더 독자들의 가슴을 자극한다. 그에게는 자식이 아들들만 있는 것으로 보이거니와, 아들에 대한 그의 연민은 때로 묘한 쓸쓸함, 묘한 허무 의식과 함께한다. 자식 중의 누군가는 아마도 음악을 하고 있는 것으로 보인다. 이때의 음악은 록 음악을 가리키는데, 그의 아들 중의 하나는 록스타인 듯하다. 록스타의 길을 가고 있는 아들에게서 그가 차마 어찌하지 못하는 마음, 곧 측은지심을 느끼는 것은 마땅하다.

어두운 방, 제 삶이 관통할 궤적을 그리며 기타를 친다.

록스타니까 살이 없어야 해. 커터 칼 길이의 삼겹살을 샤프심만큼

잘라 먹으며 당근을 먹는다.

소주를 마시는 소리 당근을 씹는 소리

저녁에 저녁에

방 안 가득 소주의 숨결이 차오르면

방 안 가득 세상을 기리는 풍경.

다소 낮은 것들은 저희끼리 뭉쳐 삶을 설명하려 하지만

삶은 암초와 암초를 잇는 바람의 다리이고

바람 또한 암초라는 걸 록스타는 모른다.

앞만 보고 가는 록스타여.

내게도 따뜻한 물 한 잔 다오.

―「다소 낮음 ― 록스타여」 부분

이 시에 표현되어 있는 그의 아들은 "앞만 보고 가는 록스타"이다. 이 시에 따르면 "어두운 방, 제 삶이 관통할 궤적을 그리며 기타를" 치고 있는 것이 그의 아들이다. 이러한 자신의 아들에게 차마 어찌할 수 없는 마음으로 그는 "내게도 따뜻한 물 한 잔 다오"라고 말한다. 자신의

아들에게 "따뜻한 물 한 잔" 정도는 나눌 수 있는 삶을 살기를 바라고 있는 것이리라. "영혼이 빛으로 타올라 산맥처럼/둥글게 웃고 있는 소년"이었던 것이 예의 아들이거니와 이 아들이 한때는 "우리의 희망"이었고, "미래를 걷는 꿈"(「솔뫼에게」)이었다는 것을 알 필요가 있다. 이러한 기대를 갖고 있었지만 지금 그가 노래하는 아들, 록스타인 아들을 두고 시름에 젖는 것은 당연하다. 한편으로는 "아들의 노래를 듣고 길을 생각"하며, 그 길이 "틀렸다고 하지 마라"라고 진술하고 있지만 말이다. 그로서는 어떠한 일이 있어도 아들의 길을, 곧 아들에 대한 기대를 포기할 수 없는 것이다.

아들의 노래를 듣고 길을 생각한다.
그 길을 보며 틀렸다고 하지 마라.

그가 일으킨 운명보다 더 혹독한 길을 간다 해도
아픈 어깨를 기어이 들어 올려 분투를 기원할 것이다.
그곳이 어둠의 뒤편일지라도.

아들의 집에서 보는 긴 강
말과는 다르게 밤은 어둡고

비스듬히 누워 불빛을 고르면 목이 기울고
바람은 조금씩 느려지고 헤매고
알아들을 수 없다.

길은 가로로 이어지는데
아들의 발걸음은 한쪽이 짧다.
바람은 조금씩 느려지고 알아들을 수 없다.

아들의 길
길이 아니라 말하지 마라.
다른 귀를 세웠을 뿐이다.

– 「아들의 노래」 전문

이 시의 몇몇 구절로 미루어 보면 시인은 지금 서울의
아들의 집에 와 있는 것을 알 수 있다. 이 시를 통해 그가
보여 주는 아들에 대한 기대는 눈물겨울 만큼 처연하다.
아들이 가고 있는 음악인의 길, 곧 록스타의 길이 결코 쉽
지 않으리라는 것은 불문가지이다. "아들의 노래를 듣고"
록스타의 "길을 생각"하는 그가 갖는 사랑은 말할 수 없
이 크다. "그가 일으킨 운명보다 더 혹독한 길을 간다 해
도/아픈 어깨를 기어이 들어 올려 분투를 기원할 것이다"

라는 구절을 통해서도 이는 충분히 확인이 된다. 그로서는 어떠한 일이 있어도 아들의 길, 곧 아들에 대한 기대와 희망을 포기하지 못하는 것이다. 비록 "아들의 발걸음이 한쪽이 짧"더라도 말이다.

"아들의 집에서 보는 긴 강"은 서울의 한강이겠거니와, 막상 서울의 이 집에서 아들을 만났을 때 그가 느끼는 감정은 어떠했을까. 아마도 단순하고 소박한 기쁨만은 아니었으리라. 이에 대해 그는 자신의 시에서 "어둠과 빛, 있고 없음이 반죽되어/천천히 드러나는 영등포./서로에게 맞물려 굳건한 상처로/다시 태어나고 싶은/13층 원룸 안의 사내 둘"(「영등포의 밤」)과 같은 표현을 남긴 적이 있다. 끊임없이 상처를 주고받는 것이 부자지간이지만 그러한 상처를 통해 다시 태어나고 싶은 것이 이 구절에서의 그의 마음이라고 판단된다. "아들의 파란을 어쩔 수가 없다"고 생각하면서도 "아들은 지금 어디를 가고 있을까" 궁금해하는 것이 그라는 것이다. 이처럼 그는 쉼 없이 "해진 신발 같은 아들의 행로"(「아들의 전화」)를 되묻는다.

그의 시에서의 가족에 대한 연민, 곧 가족에 대한 측은지심은 여기서 그치지 않는다, 「늙은 여자가 좋다」에서처럼 아내에게도 사랑을 베풀지 않을 수 없고, 「잔치국수」

에서처럼 형님에게도 사랑을 나누지 않을 수 없고, 「연립 101호, 102호」에서처럼 누나에게도 사랑을 주지 않을 수 없는 것이 그이다. 그가 보기에는 "지치고 힘든 끝에 돌아와/단내가 나게 자는" 것이 늙은 아내이고, "서울에서 오십 년을 살고도 단칸방 하나 없는" 것이 형님이며, "가방 꼬다리를 두드리거나 압축 프레스 공장의 야근으로" 허리가 구부러진 것이 누나인 것이다. 이로 미루어 보면 그가 저 자신을 닦는 것만큼 중요하게 닦는 것이 가족이라는 것을 알 수 있다. 지금은 "홀로 버려진/사금파리 파편의 세월을 지나/아무도 살지 않는/빈집"(「빈집 ─ 소멸점 너머」)에 외롭고 고독하게 살더라도 본래는 따뜻한 마음을 가진, 잘 수행된 사람이 그라는 것이다.

이처럼 그는 시를 자기 수행의 한 형식으로 받아들이고 있는 사람이다. 시를 자기 수행의 한 형식으로 받아들인다는 것은 그의 시정신이 성리학적 사대부의 선비 정신에 기초해 있다는 얘기가 된다. 이러한 논의는 그가 나날의 고통을 언제나 꿋꿋하게 드높은 정신 차원으로 끌어 올리는 사람이라는 뜻이기도 하다.

고성혁

신안에서 태어나 1997년 계간 『시와산문』 시부문 당선으로 작품 활동을 시작했다. 시집
『낡은 시네마 필름처럼』, 『귀항』, 산문집 『그저 자는 듯 죽게 해 주십사』를 펴냈다.

e-mail｜ko3661@hanmail.net

빈집

초판1쇄 찍은 날 ｜ 2021년 1월 13일
초판1쇄 펴낸 날 ｜ 2021년 1월 25일

지은이 ｜ 고성혁
펴낸이 ｜ 송광룡
펴낸곳 ｜ 문학들
등록 ｜ 2005년 8월 24일 제2005 1−2호
주소 ｜ 61489 광주광역시 동구 천변우로 487(학동) 2층
전화 ｜ 062-651-6968
팩스 ｜ 062-651-9690
전자우편 ｜ munhakdle@hanmail.net
블로그 ｜ blog.naver.com/munhakdlesimmian

ⓒ 고성혁 2021
ISBN 979−11−91277−04−3 03810